place non-place

AÇO CONCRETO LUZ BRANCA
ESTEIRAS ROLANTES
ESCADAS ROLANTES
MALAS ROLANTES
LETREIROS BRILHANTES
MERCADORIAS SUPERFATURADAS

mcdonalds pizza hut starbucks
matcha latte & vanilla syrup per favore

steel concrete white light
rolling treadmills
rolling escalators
rolling suitcases
glowing signs
overpriced merchandise

GENTE COM PRESSA
GENTE COM MEDO
GENTE ACOSTUMADA
GENTE COM SAUDADE
GENTE QUE SOME
GENTE QUE QUER SUMIR
GENTE QUE QUER REAPARECER

GENTE A CAMINHO DE UM SONHO

people in a hurry
people who are scared
people who are used to it
people who miss people
people who disappear
people who want to disappear
people who want to reappear

people on their way to a dream

CAMINHA-SE EM LINHA RETA
EM ESPIRAL
SEM SAIR DO LUGAR

ENCAMINHA-SE

ORGANIZAM-SE FILAS
FILA DO CHECK-IN
DA SEGURANÇA

DO EMBARQUE
DO ÔNIBUS
PRA ENTRAR NO AVIÃO

E FILAMENTE ZARPAR

walking in a straight line
in spirals
and not moving forward

lines are organized
check-in line
security line

boarding line
bus line
airplane line

lineally to take off

A ESPERA É OBRIGATÓRIA

CHEGAR MUITO ANTES PRA ESPERAR COM TRANQUILIDADE
CHEGAR POUCO ANTES E CORRER EM DISPARADA

PERDER POR POUCO
CONSEGUIR POR POUCO

waiting is mandatory

arriving really early
arriving a little early

to wait in peace
and run for your life

narrowly missing it
barely missing it

UM, DOIS, TRÊS, QUATRO SECURITY CHECKS
PROFISSIONAIS DE SEGURANÇA
CÂMERAS DE SEGURANÇA
ACESSOS PROIBIDOS

PARA A SUA SEGURANÇA

QR-CODE
RAIO LASER
RAIO X WYZ
RAIOS QUE
TE VÊEM
DE CALCINHA

PARA A SUA SEGURANÇA

one two three four
security checks
security personnel
security cameras
forbidden access

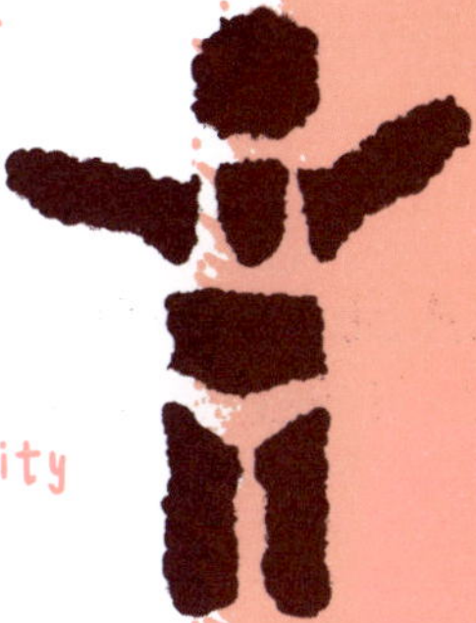

for your own security

qr codes
laser beams
x rays wyz
rays that see
your underwear

for your own security

NINGUÉM SE CONHECE
MUITOS SE RECONHECEM

ALIANÇAS
CÚMPLICES
INIMIGOS
AMANTES
AMIZADES

FORJADAS NO TEMPO
DE UM CAFÉ

nobody knows each other
many recognize each other

alliances
accomplices
enemies
lovers
friendships

forged over a cup
of coffee

MUDANÇA DE
PORTÃO
PLANOS
AEROPLANOS
TEMPO
FUSO
EIXO

PARA O SEU
DELEITE

changing
gates
planes
airplanes
weather
time zone
axis

LIVROS
NAS MÃOS
DEBAIXO DO BRAÇO
ABANDONADOS SOBRE CADEIRAS
DEIXADOS PARA TRÁS
COMPRADOS POR IMPULSO NO TEMPO
DA PRIMEIRA ESPERA
ANTECIPANDO AS PRÓXIMAS

CARREGAR ELETRÔNICOS NA ÚNICA TOMADA VISÍVEL
SENTADA NO CHÃO
TRABALHAR SENTADA NO CHÃO
DORMIR NO CHÃO
PASSAR A NOITE NO AEROPORTO
ACORDAR EN UNE AUTRE LANGUE

books
in hands
under one arm
abandoned on chairs
left behind bought by impulse
during the first leg
anticipating the next

charging electronics
from the only visible socket
sitting on the floor
work sitting on the floor
sleeping on the floor
spending the night at the airport
waking up en un otro idioma

MODO AVIÃO
FREE ROAMING
FREE WIFI MAS TEM QUE CADASTRAR O EMAIL
E AÍ JÁ ERA

PARDON MEU VÔO É O PRÓXIMO
POSSO PASSAR NA SUA FRENTE?

PERGUNTA JÁ PASSANDO

airplane mode
free roaming
free wifi but you
have to register your email
and you're done

perdón my flight is the next
can i go before you?
they ask stepping forward

TIRE AS BOTAS POR FAVOR
TIRE O CINTO POR FAVOR
VOCÊ TEM ALGUMA MOEDA NO BOLSO? CHAVES?
PRECISAMOS ABRIR SUA MALA
MAS SÃO SÓ LIVROS
LIVROS?
A MALA ABRE EXPLODINDO ROUPAS
SIM, HÁ LIVROS
MUITOS

AINDA BEM QUE ME DEIXARAM PASSAR
PEGARAM OS MEUS QUEIJOS
LEVARAM ATÉ A TESOURINHA DE UNHA
POR ISSO QUE EU SÓ VIAJO COM SHAMPOO EM BARRA

remove your boots please
remove your belt please
do you have any coins
in your pocket? keys?
we need to open your suitcase
but it's only books
books?
the suitcase agape exploding in clothes
yes, there are books
many

thankfully
they let me go through
they took away
my cheese
they intercepted
my nail scissors
that's why
i only travel with shampoo bars

NOS FAZEM CAMINHAR
DEIXAR O PESO PARA TRÁS
MOSTRAR AS DIGITAIS O ROSTO
CERTIFICADO DE VACINAÇÃO
PASSAPORTE
VISTO
ITINERÁRIO DE VIAGEM
PLANOS

MESMO SE VOCÊ NÃO TIVER PLANOS

INVENTE UM PLANO
MINTA COM CONVICÇÃO

they make us walk
leave the weight behind
show the fingerprints the face
vaccination certificate
passport
visa
travel itinerary
plans

even if
you don't have a plan

make up a plan
lie
with conviction

PARTIR

PARA NUNCA MAIS VOLTAR

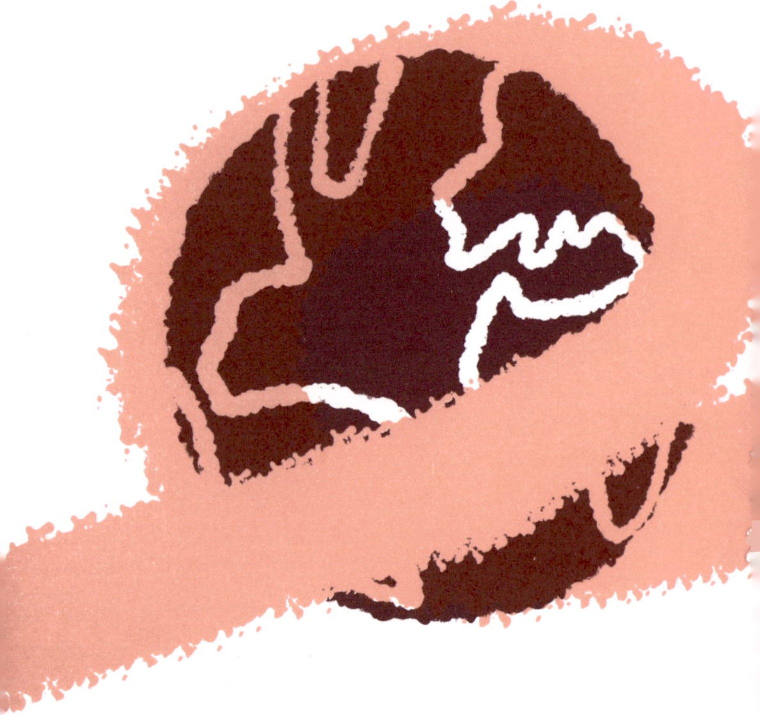

leave

never to return